Y

TH. GESTAT

MES BLUETTES

POÉSIES DIVERSES

PARIS

LIBRAIRIE NOUVELLE

Boulevard des Italiens, 15

1860

MES BLUETTES

ou

POÉSIES DIVERSES

Paris. — Imp. de la Librairie Nouvelle, A. Bourdilliat, 15, rue Bréda.

TH. GESTAT

MES BLUETTES

OU

POÉSIES DIVERSES

PARIS

LIBRAIRIE NOUVELLE

Boulevard des Italiens, 15

A. BOURDILLIAT ET Cie, ÉDITEURS

La traduction et la reproduction sont réservées

1860

AVIS AU LECTEUR

Il est difficile de faire à des vers une préface conve-
nable ; car, s'ils sont bons, c'est pour eux chose super-
flue quo les avertissements et les préliminaires; et, s'ils
sont mauvais, toutes les précautions oratoires du monde
ne sauraient les rendre supportables. Lisez-les donc
plutôt vous-même, et jugez.

IDÉES VENUES A UN BAL LA VEILLE DU MERCREDI DES CENDRES

—

UNION NÉCESSAIRE DE LA RAISON ET DE LA RELIGION

——

Notre existence tout entière,
A partir du sein maternel,
N'est, jusqu'à son heure dernière,
Qu'un contraste perpétuel
Entre les pensers de la veille
Et les actes du lendemain;
Une antithèse sans pareille,
Qui n'appartient qu'au genre humain!

Au lieu de ces tièdes rosées,
Par qui, naguère, en leur printemps,
Nos collines de temps en temps
Étaient doucement arrosées,
La pluie, en les couvrant de flots,
N'y laisse aucune chose intacte ;
Et du grand abime des eaux
C'est comme une autre cataracte !

On n'entend plus que des récits
D'événements épouvantables ;
Et, sous des torrents effroyables,
Nos cités croulent en débris !
On dit même qu'en leur demeure
Il n'est que trop de malheureux
Pour qui sonna la dernière heure
Au milieu de gouffres affreux !

Tout est détruit dans nos vallées ;
Et, perdant leur sol et ses fruits,
Les fleuves sortant de leurs lits,
Ne nous les rendent qu'ensablées ;

Ou, ce qui devient pire encor,

Ils y déposent leur souillure,

Et de nos plaines d'épis d'or

Ne font plus qu'une plage impure.

Ainsi donc, aux débordements,

Voilà que ces eaux ennemies,

En joignant les épidémies,

Mettront le comble à nos tourments ;

Et que, plongés dans ce déluge

De catastrophes et de maux,

Nous allons être sans refuge

En proie à de nouveaux assauts !

En vain, mon Dieu, dans tout le monde,

En prenant part à nos malheurs,

Chacun veut-il sécher nos pleurs,

Et comme à l'envi nous seconde :

C'est toi qui frappes et guéris ;

Et, malgré tant d'auxiliaires,

En ta main seule est le sursis

D'où vont dépendre nos misères.

1.

En vain, dans ces nobles efforts,
Pour leur opposer une digue,
Se montre-t-on partout prodigue,
Envers la France, de trésors;
C'est toi qui règles toutes choses;
Et d'un mot tu peux les dompter;
Dis-le, Seigneur, et dans leurs causes
Nous les verrons même avorter!

Ne veux-tu plus que nul ne reste
En tout ce peuple à l'avenir?
Et quand, rempli de repentir,
Il s'humilie et se déteste,
Et se prosterne à tes genoux,
En te rappelant sa patronne,
N'auras-tu pas pitié de nous,
N'es-tu plus le Dieu qui pardonne?

INONDATIONS DE LA LOIRE ET DU RHONE

Hélas, Seigneur, que de fléaux
Nous recevons de ta colère !
A peine avons nous de la guerre
Un instant vu cesser les maux,
Qu'après la disette et la peste
Arrive l'inondation ;
Et, quelque anathème funeste
Frappe-t-il notre nation ?

Mosaïque étrange, indicible;
Et que Dieu, dans tout son éclat,
Pourra seul nous rendre visible,
Quand sa trompette, à Josaphat,
Un jour réveillera les hommes;
Et montrera, comme un tableau,
Ce que réellement nous sommes
Avant qu'on nous mette au tombeau.

Un tout de choses disparates;
Un amalgame singulier,
Où les recherches délicates
Se mêlent à l'instinct grossier,
Et la joie a tant de tristesse,
Que, souvent, on prendrait les pleurs
Que nous versons dans l'allégresse
Pour des signes de nos douleurs.

C'est ainsi que sans paix ni trêve
Nous courons vers l'éternité,
Ombres véritables d'un rêve
Qu'emporte leur légèreté;

Et que, de l'un à l'autre extrême,
En oscillant du bien au mal
Comme en une ronde suprême,
Nous menons tout d'un pas égal.

Aussi, quel n'est pas le vertige
Qu'en semblable confusion
Éprouve une âme que dirige,
Au lieu de la religion,
Cette faible et vague lumière
Que nous appelons la raison,
Et qui s'égare la première
En éclairant notre horizon ?

Illusions de toute espèce,
Désordres et déréglements,
Folles erreurs qu'elle caresse,
Dévoile ou flétrit par moments :
Rien ne manque à l'incertitude
Que jettent ses pâles rayons
Sur chaque épreuve un peu trop rude
Du trouble affreux où nous vivons !

Attachons-nous donc au seul guide
Qui puisse encor d'un pas certain,
A moins qu'un caprice en décide,
Nous conduire ici par la main ;
A celle qui, pour nous, sans cesse
Est empressée à s'affliger,
Et ne voit pas notre détresse
Sans offrir de la soulager.

Tout change, avec elle, de face ;
Le calme renaît dans nos cœurs ;
Et quelque nuit parfois qu'il fasse,
Nous n'en craignons plus les erreurs :
Notre raison même est si sûre,
Avec elle, en son droit chemin,
Qu'à son tour elle nous assure
Qu'on n'est heureux que dans son sein.

A UNE DAME DONT LES TRAVAUX ÉTAIENT DESTINÉS A L'ÉGLISE ET AUX PAUVRES DE SA PAROISSE

ÉLOGE DU TRAVAIL

Le travail, comme la prière,
Élève l'âme jusqu'à Dieu ;
Et, de notre chute première,
En outre d'elle, est un aveu.
Depuis qu'il fait notre apanage,
C'est donc, sur terre, un autre autel
Où nous pouvons offrir au ciel
Un agréable et noble hommage.

Triomphante expiation,
Ou bien déplorable rechute,
Selon que la religion
Guide celui qui l'exécute,
Ou qu'il le souille en des projets
Fomentés par son avarice;
Et qui, fondés sur l'injustice,
Ne sont ourdis que de méfaits.

Ainsi, dans lui, pour la matière
Qu'il pétrit ou brise en ses mains,
L'homme, dès que sa foi l'éclaire,
Trouve de glorieux dédains.
Esclave, à ses yeux légitime,
Elle a d'autant moins de rigueurs
Qu'en ses plus éminents labeurs
Il la méprise et qu'il l'opprime.

Ainsi, par lui, du monde entier
Nos œuvres couvrent la surface
Et savent se l'approprier;
Par lui, nous régnons sur l'espace,

Où, vainement, grondent les mers ;
Et la nature à sa constance
N'oppose pas de résistance
Qui ne subisse enfin nos fers.

Qu'ils soient d'une main délicate,
Ou forgés par un bras puissant,
Toujours notre ascendant éclate
Avec son aide, et va croissant ;
Et, ce que nous n'avons pu faire
Par une génération,
L'autre, sans interruption,
Lui donne sa beauté dernière.

De là, ces sublimes arceaux,
Où, de concert avec les anges,
Aux jours de fête les plus beaux,
Nous offrons à Dieu nos louanges ;
Où, tout un peuple recueilli
Avec allégresse contemple
Les merveilles d'un nouveau temple
Qu'il lui dévoue enorgueilli.

De là, sans cesse, les ressources
Où la charité peut trouver,
Comme en d'inépuisables sources,
Des moyens sûrs de nous sauver ;
Et sur le pauvre en abondance
Versant, chaque jour, ses trésors,
Assure à nos moindres efforts
Une éternelle récompense.

Saint triomphe, travail bénit,
Si, pour le grand Dieu qui l'ordonne,
Après l'avoir rendu maudit,
Nous en tressons une couronne ;
Et si, lui consacrant nos bras,
Nous ne cherchons rien que sa gloire,
Et non celle dont la mémoire
S'expie au delà du trépas !

A ***, SUR SON ATTACHEMENT AUX CHOSES DE CE MONDE

Athanase, est-il vrai qu'une âme
Comme la tienne, en sa vigueur,
Aux riens d'ici-bas soit de flamme
Et mette en eux tout son bonheur?
Tel que si, planant terre à terre,
Un aigle, en d'avides transports,
Allait pour prendre un éphémère
Redoubler d'audace et d'efforts!

Laisse à la foule famélique
Des faibles enfants de la nuit
A guetter cette proie étique,
Et s'en gorger dans le réduit
Qu'elle appelle univers ou monde;
Ce grain de sable terne et noir,
Si la lumière ne l'inonde,
Que dans l'espace on ne peut voir !

Et quand, malgré l'infime sphère
Où se complait la cécité
De l'inexprimable misère
Que nous nommons l'humanité,
Dieu pour elle encor se découvre,
Est-ce donc sans émotion
Que nous verrons l'horizon qu'ouvre
A notre œil la religion ?

Cieux, firmament, astres, étoiles,
Quels qu'en soient l'éclat ou les noms,
A son ordre, pour nous, sans voiles,
Sortant des abîmes sans fonds

Qu'au néant ravit leur orbite,
Déjà ne nous montrent-ils pas
Qu'en nos vœux rien ne nous limite,
Dès que l'on s'attache à ses pas?

C'est l'infini que la pensée,
Du saint temple en touchant le seuil,
Ainsi guidée et rehaussée,
Déjà contemple avec orgueil;
Lorsqu'en ces masses de matière
Qui tenaient nos sens effrayés
Elle n'a vu qu'une poussière
Qu'elle a d'un bond foulée aux pieds.

C'est Dieu lui-même, notre père,
Éternel, infini, parfait,
Et dont le Fils, pour nous soustraire
A l'avilissement complet
Où s'abîmait notre folie,
Daigne être un homme comme nous;
Et pour la guérir s'humilie
Jusqu'à se soumettre à ses coups.

Nous-mêmes, faits à son image
Dès le commencement des temps ;
Mais qui ne vîmes là qu'un gage
Offert à nos déréglements ;
Race un jour si méconnaissable,
Qu'une telle expiation
Pouvait seule rendre acceptable
Sa réhabilitation.

Pervers à qui se substitue
Et que sauve ou perd à jamais,
Victime à la mort dévolue,
Ce Dieu chargé de nos forfaits,
Selon que notre gratitude
S'applique le prix de son sang,
Ou que de la décrépitude
Nous retombons au dernier rang.

Ainsi, grands par notre origine
Et plus encore à ce haut prix,
Voilà que dans cette sentine
Nous demeurons tout éblouis,

Et que, pour les biens d'une vie
Dont nous sommes tant les jouets,
Nous oublions qu'elle est suivie
Avec eux d'éternels regrets !

Délivrons-nous de ces entraves,
Et, dessillant enfin nos yeux,
Cessons d'adorer en esclaves
Des simulacres spécieux ;
Et pour cette indigne existence
Qui nous retient à leurs genoux,
Une immortelle récompense
Auprès de Dieu nous attend tous.

A ***, SUR SA TIÉDEUR RELIGIEUSE

En vain voudrais-tu, Florimond,
Résister à Dieu qui t'appelle
Et lui montrer si peu de zèle.
Ta vie est là, qui lui répond
Que tu ne peux plus sans dommage
Persévérer dans ces refus,
Et te faire à toi-même outrage
En désavouant tes vertus.

Que des hommes dont l'existence
Se passe à violer sa loi
Éprouvent un certain émoi
Et comme de la répugnance
A s'approcher de ses autels,
Ce n'est que la suite ordinaire
De leurs désordres criminels
Et d'une décadence entière.

Mais, ce qui doit nous attrister,
C'est d'y reconnaître l'absence
De ceux qui n'ont que l'influence
De leur tiédeur à surmonter ;
Une affection molle et vaine,
Et qui n'a pas d'autre recours,
Pour assurer sur eux sa chaîne,
Que leur faiblesse et ses détours.

Pauvres âmes, qui même craignent
Qu'au nom du suprême berger,
Pour en signaler le danger,
Quelques plaintes ne les atteignent ;

Et qu'on leur dise que sa main,
En s'appesantissant sur elles,
Peut les vouer, et dès demain,
Aux tortures les plus cruelles.

Troupeau cependant précieux
Et déjà riche en bonnes œuvres,
Et qui déjouerait ces manœuvres,
S'il voyait d'un œil sérieux
A quels périls il s'offre en proie;
Et cette erreur où l'on se perd
Ne cacherait plus sur sa voie
A chaque pas l'abîme ouvert.

Aussitôt que l'hiver s'annonce,
Il n'est rien, pour s'en préserver,
Qu'on ne veuille faire ou trouver ;
Personne à ces soins ne renonce ;
Et lorsque toute omission
Dans l'hiver de l'âge est mortelle,
Voilà que, sans précaution,
On brave une peine éternelle !

Soyons, nous, moins inconséquents,
Et, dès le jour qu'il nous assiége
En donnant sa teinte de neige
A nos cheveux les plus brillants,
Usons aussi, là, de prudence,
Et n'allons pas, dans son vrai lieu,
En manquer par notre indolence
Et pour paraître devant Dieu.

Elle ne venait que de naître,
Cette fleur au pourpre odorant!
Et nous la voyons disparaître
Et s'abîmer sous le torrent.

Elle si belle, et qui naguère,
En se redressant sur ses bords,
Semblait s'y mirer et se plaire
A défier tous ses efforts!

Une seule nuit orageuse,
En se hâtant de le grossir,
A rendu son onde fougueuse
Et lui permit de la ravir.

Elle n'est plus ! O jeune fille !
Sais-tu qu'en son rapide cours
Cette eau qui te reflète et brille
Emporte aussi tes plus beaux jours ?

Sais-tu qu'à tous un même fleuve
Compte chacun de leurs instants,
Et souvent, sans que rien l'émeuve,
Nous engloutit avant le temps ?

AUX PETITES FILLES DE M. ***, SUR LA MORT DE LEUR JEUNE CHIEN

Adieu, tant de caresses
Que recevait avec transport
Ce pauvre chien que l'on voit mort
   Aux pieds de ses maîtresses !

Adieu, tendres ébats
Pris tant de fois sur la verdure ;
Adieu, plaisirs que la nature
   Semait sous tous ses pas !

Pauvre chien, il échoue
En ayant cru qu'à tout moment
Il se jouerait impunément
D'une rapide roue.

Et ses jours, sous le fer,
Ont, avant sa première année,
Hier encor si fortunée,
Passé comme l'éclair.

Ainsi, souvent la vie
Où l'on ne prend que les plaisirs
Pour seule règle en ses désirs
Nous est vite ravie.

———

Ange qui s'en retourne aux cieux,
D'où vient que sur son sort on pleure,
Si près de lui Dieu l'aime mieux,
Et l'a rappelée avant l'heure?

D'où vient qu'on regrette une fin
Digne plutôt d'être enviée,
Elle, ainsi pure, conviée
A se reposer dans son sein?

Laissons ces tristesses amères
A qui ne veut en haut rien voir,
Et n'en croit que son désespoir
Quand viennent des pertes si chères.

N'oublions pas, dans nos douleurs,
Que nous la reverrons plus belle,
Et, si sa mort eut des rigueurs,
Que sa couronne est immortelle.

———

<h1 style="text-align:center">A UNE MÈRE LE JOUR DE SA FÊTE</h1>

Usage heureux que celui des souhaits
   Qu'un fils renouvelle à sa mère,
   En même temps qu'il agglomère
Aux jours de fête à ses pieds les bouquets.

En consacrant ainsi son allégresse,
   Il s'assure qu'un souvenir
   Reconnaîtra, dans l'avenir,
Également ses soins et sa tendresse.

Quand l'on secoue à l'envi tous liens,
Du moins que cet usage reste,
Pour qu'au nom du ciel il proteste
Contre ce siècle et ses bohémiens.

Ne voit-on pas que le destin du monde
Dépend de ces douces ardeurs
Qui sont l'apanage des cœurs
Dont Dieu voulut que le sang se confonde;

Et qu'il y prend sous sa protection
La famille que recommande,
Mieux que la plus suave offrande,
La bonne odeur d'une sainte union?

A UNE MÈRE LE JOUR DE SA FÊTE

———

Il est si doux, dans cette vie,
De croire qu'on fait des heureux,
Qu'on doit avoir au moins l'envie
D'y contribuer par ses vœux.

Et, certains jours, pour ceux qu'on aime
Demander à Dieu le bonheur,
C'est y prendre une part soi-même
Qu'on ne mesure qu'à son cœur.

Mais quelqu'ardeur en sa croyance
Que chacun mette à ce sujet,
Elle est loin de l'amour immense
Dont nos mères ont le secret.

Aussi, n'est-ce pas à la terre
Qu'il faut que nos souhaits pieux
Bornent pour elles leur carrière;
Elles ont droit encor aux cieux !

Puissiez-vous donc y trouver place
Après de longs jours ici-bas;
Et qu'à jamais devant sa face
Dieu vous admette aux saints ébats !

Une belle prérogative
Vous est accordée en ce jour ;
Gage réciproque d'amour,
Ames ensemble que captive
Un nœud, toujours si précieux
Que Dieu l'a consacré lui-même,
Et s'en sert avec ceux qu'il aime
Pour rattacher la terre aux cieux.

Alliance ainsi salutaire,

Et, malgré toutes nos erreurs,

Lui donnant des adorateurs

Dont l'innocence sait lui plaire.

Et c'est comme un suave encens,

Qu'il voit chaque mère féconde

Mettre à ses pieds les vœux du monde

Portés par ses petits enfants.

Aujourd'hui que, dans un grand nombre,

L'impatience de tout frein

Supporte à peine ce lien,

Ou n'en conserve rien que l'ombre,

Nous ne devons qu'à ces enfants

D'avoir évité tant d'abîmes,

Et d'être, en dépit de nos crimes,

Encore au nombre des vivants.

Honneur donc à cette espérance,

A ce noble et touchant désir

Où vous êtes de nous offrir,

Auprès de sa toute-puissance,

Quelque jour un intercesseur ;
Et de ce qu'un joug tutélaire
Vous permettra de satisfaire
Aussi bien Dieu que votre cœur.

Un petit enfant vous est né !
Un nouvel hôte en cette vie
A prendre place destiné;
Et que Dieu comme nous convie
Au banquet de l'éternité.
Un souffle, une étincelle ou flamme
Qu'il daigne unir avec une âme
Et douer d'immortalité !

Un roseau que lui-même nomme
Pour qu'il ait au ciel un appui,
Qui, durant sa carrière d'homme,
L'aide à s'élever jusqu'à lui;
Un rien qu'il traite en grande chose;
Atome qu'en ses soins divers
Il aime tant que l'univers
Lui doit son principe ou sa cause.

Abîme où notre esprit se perd,
Désespoir de l'intelligence,
En pensant qu'un tel prix offert
A nous aussi, pour récompense
De quelques faciles vertus,
N'a pu jusqu'ici nous suffire,
Et que, bien loin de nous séduire,
Ils n'eut souvent que nos rebuts !

O mon Dieu, si votre puissance
Nous montre encor tant de bonté
Qu'à chaque homme, dès sa naissance,
Elle offre la félicité,

Ne se peut-il que de sagesse
Vous dotiez assez cet enfant
Pour qu'il grandisse en triomphant
De ce qui fait notre faiblesse ?

Et, si nous ne méritons pas
Qu'on exauce cette prière,
Du moins, qu'en vous tendant les bras
Avec une innocence entière,
Il vous touche pour ses aînés ;
Et qu'ils aient, sous son patronage,
De nouveau droit à l'héritage
Du cœur pur que vous lui donnez !

A M. ***, LE JOUR DE SON MARIAGE

Il est des choses que le monde
    Fait depuis six mille ans ;
Et qu'Adam voit comme une ronde,
    Que dansent ses enfants !

Aux filles d'Ève on s'abandonne
    Encor, sans nul recours ;
Et, que l'on en glose ou raisonne,
    Elles règnent toujours.

Nous avons, il est vrai, sur elles,
Ainsi que lui, des droits,
Mais près de ces douces rebelles,
Ils sont de même poids;

Et, dès que dans leur exercice
On cherche à s'enhardir,
Il n'est pas d'aimable artifice
Qu'elles n'aient soin d'ourdir.

Heureusement que, de leur mère
Avec tous les attraits,
Elles n'ont plus l'envie altière
De nous perdre à jamais;

Et que chacune, en cet empire
Qu'elle prend sur nos cœurs,
Au contraire, à présent aspire
A nous rendre meilleurs.

Aussi, vous qui sous leur puissance
Entrez l'un des derniers,
Avez-vous en tout belle chance
D'être un jour des premiers.

A Mme ***, SUR LE DÉPART D'UN DE SES FILS APRÈS SON MARIAGE

Aux approches de la saison
Où notre hémisphère est dans l'ombre,
On aperçoit sur l'horizon
Les oiseaux s'enfuir en grand nombre.
Ils abandonnent leurs foyers;
Mais, loin du lieu qui les vit naître
Quoiqu'ils trouvent de frais halliers,
Ils vont bientôt y reparaître.

Ainsi, l'un de vos fils, hier,
En suivant le nœud qui l'appelle,
Allait, malgré qu'il vous fût cher,
Quitter la maison paternelle ;
Et, dans l'automne, ayant ailleurs
Assuré votre descendance,
Revenir pour sécher les pleurs
Que vous versez sur son absence.

Ainsi les rameaux, par leurs fruits,
Nous consolent de la blessure
Qu'à l'arbre qui les a produits
A faite un instant leur rupture ;
Et, répandant ses rejetons,
En forment comme une couronne
Où l'on admire en vingt cantons
La vertu du tronc qui les donne.

Tout est soumis à cette loi ;
Et, depuis la plus humble plante
Jusqu'au grand et superbe roi
De quelque nation puissante,

Nul ne saurait s'en affranchir;
Et, nonobstant toutes nos peines,
Notre sang doit, pour refleurir,
S'échapper d'abord de nos veines.

Loi triste, mais qui nous apprend
Qu'une plus haute destinée
Hors de ce monde nous attend;
Et, qu'après la courte journée
Que nous nommons vie aujourd'hui,
Dieu fixe un temps où sa justice
N'oubliera pas ceux qui, pour lui,
Ont accompli ce sacrifice;

Et que sa générosité,
Pour un tourment de quelques heures,
Leur donnera droit de cité
Dans ses éternelles demeures.
Et désormais, tous réunis,
Ils n'auront plus, en sa présence,
Qu'à célébrer avec leurs fils
Sa gloire et sa magnificence.

A UNE DAME VEUVE ET MÈRE DE FAMILLE, SUR L'OBLIGATION
OU ELLE ÉTAIT DE PRENDRE SOIN DE SA SANTÉ

Dieu, qui désigne sur la terre
A chaque être sa fonction,
Quoi qu'il arrive, n'en tolère
Nulle part la désertion;
Et sa providence éternelle
Nous a placés tous ici-bas
Comme une troupe en sentinelle,
Pour l'honorer par nos combats.

Or le soldat, qui met sa gloire
A braver en tout temps la mort,
N'est pas le seul qui doit se croire
Capable de ce noble effort ;
Et, durant la vie ordinaire,
Il est beau que, dans tous les rangs,
Chacun, à l'envi, sache faire
Des sacrifices non moins grands.

Ainsi, dans une mère tendre,
A ne voir que les simples soins
Où son âme aime à se répandre
Sans nul orgueil et sans témoins,
Quelle sera l'épreuve insigne,
Si nous consultons la raison,
Qu'avec eux on jugera digne
D'être mise en comparaison ?

Épreuve, elle, n'ayant en vue
Souvent que la célébrité,
Lorsque par eux se perpétue
Et s'ennoblit l'humanité ;

Et, que de la reconnaissance
En nous imposant les liens,
Ils assurent à l'existence,
Dès le berceau, ses plus doux biens.

Mais, dans ces fonctions pieuses
Que Dieu confie à leur amour
Et qui rendent si précieuses
A tous leurs mères chaque jour,
Il ne faut pas que rien ressemble,
De loin même, à quelque abandon,
Et de tant de choses ensemble
Qu'on perde avec elles ce don.

Vous devez donc à votre vie
Mettre désormais plus de prix,
Et redouter d'être ravie
A l'attachement de vos fils,
Et dans une sage alliance
Heureusement concilier
Les soins qu'on doit à l'existence
Et votre dévouement entier.

A UNE DAME, APRÈS UNE LÉGÈRE INDISPOSITION
D'UN DE SES ENFANTS

———

On n'aperçoit dans l'air aucun nuage,
   L'horizon vers ses bords est pur,
   Et le ciel offre cet azur
Qu'un beau jour a, dès l'aurore, en partage.

Le temps est calme, et les perles des fleurs,
   Sans secousses dans leurs calices,
   Nous en prodiguent les prémices
En répandant de suaves odeurs.

Des chants d'oiseaux en tous lieux retentissent;

Et, vers les nids de leurs petits,

Les mères, avec de doux cris,

En voltigeant, vont et se réjouissent.

A ce spectacle, en ce frais du matin,

On sent que sa vie est doublée,

Et qu'en sa poitrine gonflée

Le cœur bat mieux et de joie est tout plein.

Mais, à l'instant, qu'un seul être qu'on aime

Ait l'accident le plus léger,

Et cette scène va changer,

Et ce tableau n'est plus que la mort même !

Ainsi notre âme, en ses émotions,

Transformant tout à son image,

Fait du monde comme un mirage

Qui suit sa joie ou ses afflictions.

Ainsi doit-elle, image véritable
   Que Dieu s'est donnée ici-bas,
   Se soumettre en tout à son bras,
Que ce soit peine, ou bien chose agréable.

A ***, L'ANGELUS DU SOIR

———

Entendez-vous le signal qu'en tous lieux
   Cette cloche maintenant donne,
   Et que, joyeuse, elle nous sonne
L'Ave béni de la reine des cieux?

Entendez-vous que sous ce patronage
   Elle aime à placer notre nuit,
   Chaque fois que le jour s'enfuit,
Et qu'elle en offre à Dieu pour nous l'hommage?

« Parfum qu'il met dans votre âme en tout temps,
 » Une courte et simple prière,
 » Au château comme à la chaumière,
» Voilà, dit-elle, à ses yeux votre encens !

» Quand tout l'adore, et que, dans la nature,
 » Il n'est pas un obscur réduit
 » D'où ne s'échappe quelque bruit
» Fait, dans ce soin, par une créature ;

» Que, racontant la gloire de leur maître,
 » Des étoiles sans nombre au ciel
 » Lui chantent leur hymne éternel,
» Et vont bientôt en foule y reparaître ;

» Quand sur la terre, ainsi qu'au firmament,
 » Chaque être vante sa puissance,
 » Ses dons et sa magnificence,
» Et se prosterne à ses pieds en l'aimant ;

» Qu'il n'est, enfin, nulle chose visible

   » Qui ne lui fasse pas honneur,

   » Et qui, révélant sa grandeur,

» Ne vous le rende à tout instant sensible;

» Est-il un homme encore osant croupir

   » Impassible au fond de sa fange,

   » Et dont le cœur, à sa louange,

» Ne veuille pas pousser même un soupir? »

A ***, L'ANGELUS DU MATIN

———

On voit à peine au ciel quelques lueurs
    Avant-courrières de l'aurore,
    Que la cloche s'émeut encore
Pour que Marie ait l'offre de nos cœurs.

« A Dieu, dit-elle, il ne faut de prière,
    » En ce saint nom, que peu de mots
    » Pour que de son soleil, à flots,
» Il vous bénisse aujourd'hui la lumière.

» La nuit n'est plus, et durant que vos yeux,

   » En ce sommeil qui les enivre,

   » Laissent son pouvoir lui survivre,

» Le jour en vain va se lever pour eux.

» Réveillez-vous ! la terre se ranime,

   » On entend remuer partout,

   » Et chaque être, déjà debout,

» Adore Dieu d'un accord unanime.

» Voilà qu'éclate à l'envi le concert

   » Des mille voix de la nature,

   » Et que leur immense murmure

» Remplit son temple, un instant si désert !

» Vrai cri d'extase, en cette douce flamme

   » Où se plonge le monde entier,

   » Et qui monte glorifier

» Celui qui donne à tout la vie et l'âme.

» Mais lorsque l'homme a revu ces splendeurs,

> » Et, comme à l'oiseau sa couvée,

> » Que sa famille est retrouvée,

» Et qu'il jouit de ses tendres ardeurs;

» Quand Dieu lui rend ainsi tout ce qu'il aime

> » Et lui redonne encore un jour,

> » Que ce ne soit pas, en retour,

» Pour l'oublier et l'offenser lui-même! »

LE LENDEMAIN DE LA TOUSSAINT

———

Mon Dieu, prenez pitié des morts,
Et que, sur toutes leurs misères,
Malgré nos indignes prières,
Vos bontés versent leurs trésors !

Si votre pardon ne rehausse
En nous des mérites cachés,
Qui sommes-nous, pour qu'on exauce
Des vœux que souillent nos péchés?

Nous, que leur faute eut pour complices
Et dignes des mêmes rigueurs,
Est-ce que leurs plus grands supplices
Eurent jamais d'autres auteurs?

Hélas! Seigneur, ils sont nos pères,
Nos frères, nos fils, nos époux;
S'ils ont excité vos colères,
Que leur poids retombe sur nous !

Un père aussi, vous, qui nous aime,
Vous, ayant laissé votre fils
Subir un injuste anathème
Pour nous tous, justement maudits.

Souffrez qu'ils sortent de l'abîme,
Et si c'est peu que tous nos pleurs
Pour mettre un terme à leurs douleurs,
Nous vous offrons cette victime.

A ***, SUR NOTRE AMITIÉ

Augustin, souviens-toi des jours
Où déjà notre enfance amie
A son union affermie
Promettait de durer toujours !

Toujours, hélas ! tel qu'en ce monde
On le mesure au peu d'instants
Que nous laissent vivre ce temps
Et les fléaux dont il abonde.

Toujours qui passe, et sans retour,
Ne nous signale sa durée
Que par l'espérance frustrée
De chacun de nous tour à tour.

Souviens-toi qu'à notre existence
Alors si pleine d'avenir,
Le malheur fut prompt à venir
Assurer sa part de souffrance.

C'est dans ces premières douleurs,
Et pour les têtes les plus chères,
Qu'en succombant sous nos de misères
Nous avons confondu nos pleurs.

La mort eut toutes ses victimes;
Et nous, à chaque oblation,
Plus nous eûmes d'affliction,
Plus nos nœuds devinrent intimes.

Depuis, combien de nouveaux soins,
En s'ajoutant aux vieilles peines,
N'ont fait que resserrer les chaînes
Qui l'un à l'autre nous ont joints.

Et, que tout ici-bas s'abîme,
Que tout s'use et tende à finir,
Rien ne pourra nous désunir,
Nous dont l'espérance est sublime;

Nous qui croyons que d'autres jours
Brillent de splendeurs éternelles,
Et que là, nos âmes entre elles
S'uniront vraiment pour toujours!

PRIÈRE

———

Mon Dieu, je vous adore, et depuis que ma vie
    Est soumise à de nouveaux coups,
Vous savez que toujours je repoussai l'envie
    D'y scruter vos desseins sur nous.
D'où vient son calme un jour et ses tourments dans l'autre,
    Et qu'on s'y voit autant trompé?
Comment, par un malheur aussi grand qu'est le nôtre,
    A-t-on pu se trouver frappé?

Pourquoi nous mettez-vous si souvent à l'épreuve
    Et souffrons nous tant de douleurs,
Quand le méchant prospère, et, loin qu'il s'en émeuve,
    Triomphe et se rit de nos pleurs?
Pourquoi, mon Dieu, pourquoi je vis et je vous aime
    Après que vous m'avez ravi
Tout ce qui m'était cher? Pourquoi, par cela même,
    Vous suis-je donc plus asservi?
Tranquille, et me fiant à votre main qui donne,
    En paraissant tout nous ôter,
Faites, mon Dieu, qu'à vous vraiment je m'abandonne
    Et ne vienne plus me vanter
De ce que je consens à ne vous rien prescrire;
    Faites qu'un être tel que moi
N'ose plus, même ainsi, s'avancer et vous dire
    Qu'il ne vous dit jamais pourquoi!

AUTRE PRIÈRE

Mon Dieu, soyez béni de ce que dans mon âme
    , Vous avez laissé quelquefois
Se répandre, en passant, un rayon de la flamme
    De cet amour que je vous dois.
Avec lui, les tourments, le désordre ou la peine,
    Cortége ordinaire ici-bas
Que la vie après elle à chaque instant entraîne,
    Y sont comme s'ils n'étaient pas.

Avec lui l'on échappe à toutes nos misères
  Et l'on sent que sa douce ardeur,
Pour en mieux effacer jusqu'aux traces dernières,
  Prend leur place dans notre cœur.

On n'a plus d'autre soin que celui de vous plaire,
  Et quels que soient les mille objets
Qui n'ont que trop souvent l'art de nous en distraire,
  Votre service est plein d'attraits.

On n'aime rien qu'en vous, pour vous seul on veut vivre,
  Et dans l'entier contentement
Dont notre esprit alors se remplit et s'enivre,
  On se croirait au firmament !

Mais, hélas ! ô Seigneur ! que de fois nos caprices
  En abrégent même le cours !
Et quel malheur que l'homme au sein de ces délices
  Ne veuille pas rester toujours !

A UNE PERSONNE TROP DISPOSÉE A CONSERVER LE SOUVENIR DES PLUS LÉGÈRES OFFENSES

VEILLE DU PREMIER JOUR DE L'AN

Encore un jour, et nos années
Auront compté celle qui va finir ;
Encore un jour, et près de ses aînées
Elle est pour ne plus revenir.

Ainsi tout fuit, tout nous échappe,
Et chaque année un de nos attributs,
Avec le temps qui toujours marche et frappe,
Nous quitte et ne reparaît plus !

7.

Ainsi tout change; et quelle est l'heure
Qui sur nos fronts n'imprime pas sans bruit
Que rien dans nous ne dure et ne demeure
Avant notre dernière nuit?

Le monde est vieux lui-même et baisse,
Et nul n'est sûr d'avoir un lendemain,
Mais, comme si l'homme vivait sans cesse,
Ses colères n'ont point de fin !

En lui jurant haine éternelle,
Nous protestons de ne jamais revoir
Quiconque ose être à nos désirs rebelle,
Et nous pouvons mourir ce soir !

Et vous, c'est pour ces causes vaines
Que vous gardez aussi des sentiments,
Qui, sans compter ici leurs mille peines,
Auront ailleurs d'autres tourments !

Voyez, du moins, quel avantage
Offre une époque où l'on attend vos vœux,
Et que la paix en devienne le gage
En vous donnant un jour heureux !

A UNE PETITE FILLE POUR L'ENGAGER A SOULAGER LES MALHEUREUX

———

Coraly, vois comme est timide
  Et triste en son maintien
  Ce pauvre vieux que guide
  Un intelligent chien !

Il est aveugle, et la lumière
  Qui brille dans tes yeux
  A sa sèche paupière
  Reflète en vain les cieux.

Les cieux, pour lui, pleins des ténèbres
D'une odieuse nuit,
Sont des voûtes funèbres
Où son chien le conduit !

Encor si ces jours de tristesses
N'étaient pas assombris
Par les folles largesses
Dont le monde est épris.

Mais combien d'hommes sur la terre
Livrés aux passions
Insultent sa misère
Par leurs profusions;

Tandis que lui ne leur demande,
Et trop souvent en vain,
Que la chétive offrande
D'un seul morceau de pain.

Ma fille, il ne faut pas sans aide
Laisser ce malheureux,
Et le sort qui l'obsède
Doit te paraître affreux.

Il faut précipiter ta course,
Et devançant ses pas,
Porte lui cette bourse
En prenant tes ébats.

Et souviens-toi quelle infortune
C'est pour nous devant Dieu
Quand le pauvre importune
Ou qu'on s'en fait un jeu.

ADIEUX DU SOIR A LA PETITE FILLE DE Mme ***

Va, chère enfant, dormir en paix ;
Ton cœur ne connaît pas nos peines,
Et souvent jusqu'à quels excès
Le sang se trouble dans nos veines.

Le calme préside à tes nuits ;
Et ta douce existence, en songe,
N'est qu'un beau jour qui se prolonge
Où tous tes jeux sont reproduits.

Mais avant qu'un léger nuage
Ne revienne, en voilant tes yeux,
Les reposer dans ce mirage,
Il faut prier le roi des cieux.

C'est lui qui te donne ces choses;
Et lorsque tu prends tes ébats,
C'est encor lui qui, sous tes pas,
Sème des fleurs toutes écloses.

Il te conserve tes parents;
Et leur dispense avec largesse
Ce bonheur de tous les instants
Que tu reçois de leur tendresse.

Mais, s'il l'offre, il peut le ravir;
Tout est soumis à sa puissance;
Et la fortune et l'indigence
Ne suivent que son bon plaisir.

Aussi, veut-il que vers la joie
Nul ne dirige trop ses yeux;
Et que, chaque soir, on envoie
Un souvenir aux malheureux.

Qu'à ceux qui sont dans la souffrance
Tu souhaites de meilleurs jours;
Et qu'ils reçoivent les secours
Dont a besoin leur existence.

Que la veuve et que l'orphelin
Aient des soutiens dans leur faiblesse;
Et qu'une charitable main
Apporte un terme à leur détresse.

Qu'au monde, enfin, nulle douleur,
Que les plus petites misères
Ne trouvent pas que tes prières
Leur ont montré de la froideur.

Et bientôt, cette heureuse vie,
Dont tu jouis si pleinement,
Sera, si tu le veux, suivie
D'un plus noble contentement.

Tu verras quel bonheur suprême
On goûte auprès des malheureux,
Lorsqu'à la place de ses vœux
On va les soulager soi-même.

———

Aux plus beaux jours des temps passés,
Vit-on jamais, durant leurs fêtes,
Se réunir en rangs pressés
Autant de magnifiques bêtes?

Où la campagne en ses splendeurs
Nous offrit-elle, avant cet âge,
Un si merveilleux assemblage
De ses produits et de ses fleurs?

Taureaux, béliers dont la croissance
Allie, en sa précocité,
Les charmes de l'adolescence
Aux dons de la maturité.

Fleurs si vivement diaprées
Qu'elles éblouissent nos yeux
Par les reflets divers des feux
Qui tour à tour les ont parées.

Génisses, dont les vastes flancs
Ont des sources prodigieuses
De lait, pour tous, petits et grands,
Dans leurs mamelles généreuses.

Brebis à la riche toison
Et qu'en tant de brins l'on déploie,
Que ce n'est plus que de la soie
Qu'elles nous offrent à foison.

Nobles coqs venus de la Chine,

Et qui, fiers comme nos Gaulois,

En ont la franche et bonne mine

Et la rehaussent par leur poids.

Fruits, qu'à son gré chaque agronome

Produit, en tout temps, monstrueux,

Sans qu'ils soient moins délicieux

Et qu'ils n'aient plus autant d'arome.

Arts des jardins, arts des labours,

Exposition de peinture,

En toutes choses un concours

Que patronnait l'agriculture.

Spectacle universel ; beautés

Dont les doux yeux, tout pleins de joie,

N'annonçaient pas qu'on se foudroie[1]

Et qu'ailleurs les dés sont jetés.

[1] La guerre d'Orient commençait alors, et l'on ne pouvait guère espérer de la voir si heureusement terminée en deux campagnes.

Adieu donc la paix et ces fêtes
Où, comblé des faveurs du ciel,
Chacun admirait les conquêtes
De son empire paternel !

Puisse-t-elle, un jour, aussi vite
Être de retour près de nous
Que nous voyons porter les coups
Qui viennent de la mettre en fuite !

A L'AGRICULTURE

—

—

Salut, mère du genre humain,
Agriculture, dont l'hommage
Attend une plus digne main !
Toi que nous voyons à chaque âge
Redoubler pour nous les efforts ;
Et, malgré toutes les tempêtes,
Faire toujours quelques conquêtes
Et découvrir d'autres trésors.

Qu'ils sortent des vertes prairies
Ou d'un champ d'or, en beaux épis,
Les nations, par eux nourries,
Les doivent tous à tes soucis ;
Et lorsque l'homme est sans ressources,
Jamais il ne fut dit qu'en vain
Il ait, pour vivre, dans ton sein
Recherché de nouvelles sources.

S'il faut des consolations,
C'est vers toi qu'on revient encore,
Pour que dans tes distractions
On calme un feu qui nous dévore ;
Et l'enfant qui, dans tes travaux,
Chante gaîment quelque ballade,
A guéri plus d'un cœur malade,
Sans nul savoir et sans grands mots.

Mais cette paix qu'en toi l'on goûte
N'amollit point notre vigueur ;
Et l'âme indépendante ajoute
Sous tes yeux à sa noble ardeur.

Aussi, comme au nom de patrie
On la voit prompte à s'enflammer !
Et s'il faut pour elle s'armer,
Elle est déjà tout aguerrie.

Dieu seul en impose à ton bras,
Toi qui sais bien que chacun sème
Et travaille en vain ici-bas,
Si, sur celui qui le blasphème
Il laisse un fléau s'échapper ;
Et qu'il n'est pas de prévoyance
Qui fasse obstacle à sa puissance
Quand il lui plaît de nous frapper.

Heureux celui qu'à ton école
La gloire a mis par ses rigueurs ;
Il en dédaigne l'auréole
Et les décevantes faveurs,
S'attache à tes vertus austères,
S'exalte en les ennoblissant,
Et, pour être grand ou puissant,
Désormais ne se trouble guères.

INSTALLATION DES FONTAINES DE NEVERS

Elle obéit donc à nos vœux,
Cette eau si longtemps désirée,
Et, prête à jaillir en tous lieux
Au gré de la foule altérée,
Elle va, par mille canaux,
Se rendre au sein de nos demeures,
Et s'y livrer pour nous, à flots,
A ses soins de toutes les heures.

9

Aussi limpide qu'un cristal,
Aussi fraîche que de la glace,
Voyez-vous que, sur un signal,
Il n'est rien là qu'elle ne fasse?
Et, selon notre volonté,
Qu'on la mélange ou la tempère,
Elle a toujours l'activité
Qu'il faut offrir pour nous complaire.

Ainsi, qu'elle assure à nos fleurs,
Avec un trône de verdure,
L'éclat et les douces odeurs
Que l'on recherche en leur nature;
Ou que, moins rempli de fierté,
Un autre emploi soit son partage,
C'est la même efficacité
Qu'elle y vient mettre à notre usage.

Que, pour accroître ses attraits
La jeune fille la prodigue,
Ou qu'un vieillard, en ses regrets,
L'oppose au temps qui le fatigue,

Qu'on l'implore dans la douleur,
Ou bien qu'elle nous désaltère,
Chacun s'en sert avec bonheur ;
Et tous elle nous régénère.

Il est vrai qu'au lieu d'elle, ici,
Plus d'un ivrogne en son délire
Eût préféré nous voir ainsi
Imposer au vin notre empire ;
Et qu'à la place de ses flots
Qui maintenant sont nos esclaves,
Il voudrait que, par cent ruisseaux,
Il y déborde sans entraves.

Mais ce pouvoir, si l'on admet
Que sur le vin Dieu nous le donne,
Nul ne l'aura sans un reflet
De ce trouble qui l'environne ;
Et ce n'est plus en souverains
Lui faire subir nos caprices ;
C'est, suivant ses fougueux instincts,
Ouvrir la porte à tous les vices.

Soyez dès lors les bienvenus,
Vous qui nous l'avez asservie,
Cette eau si pleine de vertus
Et répandant partout la vie !
Et bénissons ensemble Dieu,
Qui nous dispense, avec la terre,
De telles eaux, l'air et le feu,
Et tout ce qui la rend prospère.

IMITATION DE LA FABLE DU BUCHERON ET DE LA MORT

Un pauvre grapilleur, en proie à la souffrance,
Usé par la vieillesse et las de l'existence,
Un jour que, sous sa charge, il rentrait à pas lourds,
Appelait en tombant la mort à son secours ;
Mais, comme à l'instant même elle était accourue,
Il se remit debout aussitôt qu'il l'eut vue,
Et, rempli de prudence en ses vœux désormais :
« Viens m'aider, lui dit-il, à recharger mon faix. »
Quelque grande que semble à chacun sa misère,
Mourir n'est pour personne une petite affaire.

ORIGINE DU MOT ANERIE

FABLE

Il n'appartient qu'aux gens habiles
De faire attention à tout ;
Indices graves et futiles
Sont également de leur goût.
Mais c'est surtout en médecine
Qu'un pareil soin est important,
Et lorsqu'il faut que l'on devine
Ou qu'on vous tue à bout portant.

Or donc, certain docteur, quoiqu'il eût fait, du reste,

Ayant omis un jour ce point essentiel,

Allait, à quelque rustre, et du pas le plus leste,

Assurer une place au voyage éternel,

    Quand il fut joint par un confrère.

    Pauvre ressource, d'ordinaire,

    Qu'un tel concours pour nous guérir;

    Réunion où la science

    S'embrouille au lieu de s'éclaircir;

    Vrai coup de grâce ou de partance;

    Mais d'où notre second docteur

    Sut se tirer avec honneur.

Il avait, en entrant, vu quelques pellicules

Ou débris de poison, qui, cachés sous le lit,

Attestaient dans leur homme un si rude appétit,

Qu'il dut, pour l'avouer, être plein de scrupules ;

    Et, dirigeant mieux ses efforts,

    Il l'enlevait aux sombres bords

    Et le dispensait du voyage.

    Adroit moyen, dont le premier

    Jura de faire bon usage

    Et qu'il saurait s'approprier.

    Et, lorsqu'en nouvelle aventure

    Il mit une autre créature,

Ce fut avec grand soin qu'il examina tout;

Et qu'en un coin obscur, au crochet appendue,

La peau fraîche d'un âne ayant frappé sa vue,

Il crut qu'elle s'était, sous forme de ragoût,

 Donné largement de la bête,

 Et qu'à lui faire ainsi trop fête

 Elle avait contracté ce mal.

 Car, d'où vient un cas si funeste,

 Dit-il, sinon d'un animal

 Aussi sottement indigeste

 Et difficile à supporter?

 Et, quoiqu'il vît lui protester,

Autant le patient que sa famille entière,

Qu'ils n'avaient, de leur vie, eu d'âne aucune fa'm,

Il tint à son idée, et lui donnant carrière,

A celle du malade il eut bientôt mis fin.

 C'est de là qu'à présent l'on doute

 S'il est pire, en nos maux divers,

 D'être réduit à n'y voir goutte

 Que d'en juger tout de travers.

 Mais, nul doute que gaucherie,

 Faute grossière ou niais tour

 Ne se nomment une ânerie

 Que depuis l'erreur de ce jour.

CONTRE QUELQUES NOVATEURS DE CE TEMPS

—

BOUTADE

———

On a vu, jusque dans la lune,
Un agréable et franc rieur
Aller souvent chercher fortune
Et s'y livrer à son humeur
Contre l'humaine extravagance.
Que n'a-t-il, sans monter si haut,
Fixé son domicile en France?
Elle n'y fait jamais défaut.

Et depuis que la politique

Y détraque autant de cerveaux,

En aucun lieu sa verve attique

N'exercerait mieux ses grelots.

Et, vraiment, quel sujet de rire

Que de voir sérieusement

Des utopistes en délire

Y fonder un gouvernement

Au nom même de l'anarchie,

Et, n'admettant plus aucun frein,

Détruire toute hiérarchie

Aussi bien que tout souverain ;

Abattre ou saper chaque chose,

Soit qu'on la doive à quelque abus

Ou qu'elle ait une sainte cause,

Et la proscrire en leurs statuts :

En un mot, faire table rase

De l'édifice social,

Et, du sommet jusqu'à la base,

N'y laisser que leur piédestal.

Ainsi, d'abord, c'est sur les riches
Qu'ils ont dirigé tous leurs coups;
Et comme s'ils voulaient qu'en friches
Les terres tombent parmi nous,
Les biens, pour eux, de chaque espèce,
Et surtout la propriété,
Ne sont qu'un vol en qui l'adresse
Est jointe à la rapacité;
Et, sans se soucier des peines
Que l'on eut à les acquérir,
Ils vous contestent vos domaines
Et prétendent vous les ravir.

Au néant donc toute fortune
Et ses vaines distinctions!
La chair même sera commune,
Et calmera les passions
En leur laissant libre carrière.
Avant ce temps, on supposait
Que, les tenir à la lisière
Et s'opposer à leur attrait

Devait être, dès notre enfance,
Le vrai moyen de réprimer
Leur redoutable violence ;
Erreur, erreur à réformer !

Mais en voici de plus grossières !
Erreur d'aimer l'Être éternel
Et d'adresser d'humbles prières
A qui nous juge sans appel,
A Dieu, maître absolu de l'homme,
Et devant qui les plus puissants
Ne méritent pas qu'on les nomme !

Erreur d'avoir de beaux enfants,
A nous leur mère, une famille ;
Objets, saintement précieux,
Que le mendiant en guenille
Et le riche couvent des yeux !
Erreur pire lorsqu'on tolère
Que ces enfants soient possesseurs
Des biens qu'ils tiennent de leur père,
Biens arrosés de ses sueurs !

Erreur, enfin, que de sa peine
A chacun on laisse le fruit,
Puisqu'à sa chétive semaine
Le fainéant, toujours réduit,
Souffrirait trop de sa paresse
Et vivrait misérablement
Lorsqu'il n'aurait pas la liesse
De quelque bouleversement.

Mais, avec cette gent habile
Qui ne sèmera plus de grain
Sans que le sol ne soit fertile
Et qu'il ne centuple son gain,
Il va faire à jamais bombance ;
Et chacun, sous sa royauté,
Ne connaîtra que l'abondance
En tout, et la satiété.
Car ils déficront les famines,
La grêle et l'inondation,
Avec l'attirail de machines
Dont ils feront l'invention.

La matière et la mécanique
Remplaceront désormais Dieu ;
Et le télégraphe électrique,
En atteignant au moindre lieu,
Mettra bientôt par son usage
Le comble à la félicité,
Que tous auront pour apanage,
Dans la nouvelle humanité,
Lorsqu'il suffira qu'on le touche
Pour changer de gouvernement,
Et que, le soir, dès qu'on se couche,
Il tombe ainsi qu'un vêtement.

O France, ô ma chère patrie,
Vas-tu par quelques novateurs
Encor longtemps être pétrie
Comme un levain de leurs erreurs
Babel moderne des idées,
Combien de constitutions
Seront encore échafaudées,
Sur d'autres révolutions ?

Et que t'importe à toi la forme,

Quand on conteste, sans pudeur,

Certains principes, base ou norme

De tout ce qui fit ta grandeur?

Attendras-tu que leurs doctrines,

En détraquant d'autres cerveaux,

Ne laissent plus que des ruines

A la place de leurs tréteaux ?

Ouvre tes yeux à la lumière

Du plus simple et commun bon sens,

Et ces héros de la matière

Auront cessé d'être importants !

FIN

TABLE

	Pages
Avis au lecteur	1
Idées venues à un bal la veille du mercredi des cendres. — Union nécessaire de la raison et de la religion.	3
Inondations de la Loire et du Rhône.	7
A une dame dont les travaux étaient destinés à l'Église et aux pauvres de sa paroisse. — Éloge du travail	11
A ***, sur son attachement aux choses de ce monde.	15
A ***, sur sa tiédeur religieuse.	21
A une jeune personne, sur une fleur entraînée par la Loire.	25
Aux petites filles de M. ***, sur la mort de leur jeune chien.	27
A Mme ***, sur la mort de sa petite fille au berceau.	29
A une mère le jour de sa fête.	31
A une mère le jour de sa fête.	33
A Mme ***, à l'époque de son mariage	35
A Mme ***, après la naissance de son premier enfant.	39
A Mme ***, le jour de son mariage	43
A Mme ***, sur le départ d'un de ses fils après son mariage	47

A une dame veuve et mère de famille, sur l'obligation où elle était de prendre soin de sa santé 51

A une dame, après une légère indiposition d'un de ses enfants. 55

A ***, l'Angelus du soir 59

A ***, l'Angelus du matin. 63

Le lendemain de la Toussaint. 67

A ***, sur notre amitié. 69

Prière 73

Autre prière. 75

A une personne trop disposée à conserver le souvenir des plus légères offenses 77

A une petite fille pour l'engager à soulager les malheureux . 81

Adieux du soir à la petite fille de Mme *** 85

Concours régional de Nevers. 89

A l'agriculture. — Comice de Nevers. 93

Instalation des fontaines à Nevers 97

Imitation de la fable du *Bûcheron et de la Mort.* . . . 101

Origine du mot *ânerie*, fable. 103

Contre quelques novateurs de ce temps. 107